五十年目の婚約指環

和氣康之詩集

土曜美術社出版販売

序

なぜか急に婚約指環交換を思い立ち
ふたりだけのセレモニー。
穏やかな日常の暮らしの中で三年先
のこの日を予感していたのだろうか。
もっと早い時期に上梓の筈でしたが
怠惰を詫びながら今日に至りました。

目次

Ⅰ

五十年目の婚約指環

Ⅱ

昭和よ

Ⅲ　祈り

詩集　五十年目の婚約指環

Ⅰ　五十年目の婚約指環

五十年目の婚約指環

式は挙げていない
ふたりは　いとこの間柄
沈丁花の盛んな夜　なんとなくできちゃって
そのままなんとなく一緒になって
新婚旅行は母親付きのドライブ旅行
木曽路の宿では川の字に寝た
銘酒「七笑」にすっかりご機嫌で
　あたしゃ寝つきがいいから大丈夫だよ
母親がにやにやしながら背中を向ける

病気もした　喧嘩もした
命尽きるような危機もいくつかあったが
ともに我慢を重ねようやく古希の峠を越え
五十年目にして初めて交わす婚約指環
神父は居ない
お隣りの仲良しカミさんが証人として立ち会う

リングの内側にはM＆Mと刻印
人生の大半を食堂経営に費やしてきた
ママとマスターの頭文字
　たいへん遅ればせながら末永くよろしく……
きまり悪そうに笑う糟糠の妻
昔　葉山の夜のプールではにかんでいた

あのときの顔だ
随分永いこと忘れていたような気がする

すでに今は欲しいものはない
行きたいところも特にないという
耳も遠くなり背中も丸くなり
三匹の猫の世話を愉しむばかりの日々

ぼんやり疲れていた薬指がまばゆく耀き
あらためて始まる今日からの契り

このままがいいなあ

日曜日のベンチで
猫たちがまどろんでいる
蔵の白壁は西日をとどめ
鶏頭は茎まで赤く
なつめの実がたわわ
午のサイレンを遠くに
このままずっと
まどろんでいられたらいいなあ

あなたが笑っている
笑いすぎて涙がこぼれる
鯛やきを半分こ
餡の多い頭をあげる
手に受けたまま
あなたはまだ笑っている
このままずっと
笑っていられたらいいなあ

通販から届いた
真っ赤なセーター
サイズが合わないので
あなたに着せる
なんとまあ嬉しくて

金魚のように回っている
このままずっと
回っていられたらいいなあ

二人きりの昼下がり
茶柱が立っている

月光はペパーミントの匂いがする

「今宵はスーパーフルムーンですよ」
点滴を替えながら夜勤の天使に囁かれ
半分だけカーテンを開けてもらう
七階の最上階
月にいちばん近い病室
ベッドから月は見えないが
蒼々と月光が部屋に満ちてくる
那須野が原に聳える白い巨塔
生と死が静かに選別されるところ

深呼吸すると
薬漬けの鼻腔から肺の奥まで
洗浄されていくような
月光は微かにペパーミントが匂う

「月天心貧しき町を通りけり」
……沁みるなあ

月は刻々と地球から離れていく
蕪村の月も西行さんの月も
もっと近くで輝いていたにちがいない
ところで我が銀河の隣りのアンドロメダが
光速で近づいてくるのはご存知だろうか
やがて超巨大なビッグバンが……
230万年先のこととはいえ

微弱ながらその圧迫感は周辺の星々に
悪さを仕掛けてはいないだろうか
　猛暑も豪雨も大地震も
　そして残忍な暴力の数々
ひたひたと　ひたひたひたひたと
人間の中枢神経にも狂いが生じて……

辺りが少し冷えてきた
遥か下界の闇の底でサイレンの音が湧いている
　モーツアルトの鎮魂歌のように柔らかく
　厳かに

神様のことなど

うどんを茹でながら
神様のことについてかんがえた
なんど僕は神様を騙してきたことか
苦しいときの神頼み
仏の顔も三度
神様はずっとずっと寛容で
天罰も地獄も幻想でしかない

屋根のてっぺんから墜落しては

間一髪

百トンの落石から逃れられたのは
三千二百CCの大出血から帰還できたのは
危ない人から別れられたのは
奇跡はあるとおもう
手術の最中完璧な眠りのなかで
ヘンデルの曲がきこえていた
誰かが手を差し伸べてくれたように思う
ほんらい神様とは救済と安息
むかし中世の地下牢を見たことがあるが
あの陰惨な世界は人間が生みだしたもので
神様でさえ目を覆うにちがいない
十字軍の正義なんてもってのほか
とかく人間が関わるとろくなことはない

毎年元旦の午前零時
恵方に向けて「一陽来復」を貼る
昭和・平成・令和の
三代の我家を見守ってくれている
息をひきとるまで医者を拒んだ信心深い母も
すでに光となって一族のあれこれを
やわらかく包んでくれている

わたしの中の

睡眠薬がほしかったのに
薬局の女将からは意外なことばが

「あなたの中に大勢の小人さんが居て
あなたが寝ている間に悪いところを
せっせせっせと治してくれているのよ
睡眠薬は小人さんまで眠らせてしまうから
良くありませんわよ」

寓話のような女将の話に
すっかり納得し
なにも買わずに帰って来た

ぼんの窪や胸骨の奥の暗がりに
蛍火のような　ぽぉ　と
幽かな温もりを覚えることがあるのは
……そういうことだったのか

小人たちに守られ
ときにはコントロールされ
奇跡のようなことがいくつかあって
こうして古希を生きている

たくさんの出会いや別れも
勝手にやってくるものではなく
わたしのよろこびや悲しみは
いつだって用意されたものなのだ

たしかに夜が来ると
わたしの中が騒がしくなってくるのも

白地着てかくも貧乏揺すりとは

あかちゃんママ

「眠るまでそばにいて」
私の手を握ったまま離さない
「こんなにおせわになって
　病気がなおったらご恩返しするね」
ちいさく微笑む末期癌の妻
「お水ちょうだい　お水ちょうだい」
妻（ママ）があかちゃんになっていく

やせ細った手を撫でながら

五十年経ってやっと
ほんとうの夫婦になれたような
かつて今のように深く愛したことが
あっただろうか
恋人のように愛おしい
周りの声にながされて
そのあかちゃんママを昨日
友人の病院に預けた
どこにも行きたくないとぐずった
妻（ママ）を
私はいちばん楽な方を選んだのでは
ないだろうか
ヘルパーに運ばれていく妻（ママ）の眼が
いつまでも哀しい

＊　＊

黄色のシンビジュウムを
誕生日に贈る
（撫子と共に大好きな花だから）
　あぅ、あぅ
グローブのような
硬い手袋をはめられたまま
花束に頬ずり　歓喜
もはや限界
もうここには置いとけない
僅かひと月余りで
こんなに衰弱してしまうとは

悔いと怒りの震えが止まらない
あれこれ言ってくる抵抗勢力も
彼らにはこのカウントダウンの鐘が
聞こえていないのだ

　ホント、ホントなのね
担架から自宅のベッドに移されて
くりくり眼が潤んでいた
「ごめんね　これからはずっと一緒」
約束へ小さく握り返してくる
臨月のように膨らんだ腹水
人差し指で弾いてやると
ピクッとよろこび
ご飯はベッドの脇で急いでたべる

トイレのドアは開けたままで済ます
何処にも行かないと約束したから
ママから見えるように
ヘルパーに体を拭いてもらいながら
視線はわたしを離さない

やっと念願がかなったというのに
在宅ホスピスの手当ての中で
四日後に亡くなった

ありがとう　ママ
さようなら　ママ

ここにいるよ

「今日は何処に行ってきたの？
　誰に会った？
　何をたべた？
毎晩寝る前に話しかけるが
何も応えない　何も教えてくれない
写真の妻（ママ）はずっと微笑んでいるだけ
ひどい方向音痴なので
遠くには行ってないと思うが

「おれのことは心配しないでいいよ」
別れの頬ずりに柩の中の妻（ママ）は
額も唇も陶人形のように硬く冷たく
　ああ、これはもう妻（ママ）じゃない

中庭の桜はすっかり散って
眩しい葉ざくらの季節
妻（ママ）よ　今ほんとうは何処にいるの
草むしりして綺麗になったお墓ですか
金ぴかの新しい位牌の中ですか
それとも乳香匂う寝室ですか

「まだなのー」
臆病な妻（ママ）は

私が一緒に行ってくれるのを
待っているかもしれない
黄色のバンダナで髪を束ね
驚いたときのクリクリめだま
　享年八十七歳
可愛いひとだった

　きっとですよと約束一つ鳥帰る

妻(ママ)の遺言

「もっと大らかに過ごしたら
　そんなにギスギスして
　疲れないの?」
妻(ママ)の口ぐせ

癌の再発は
脳梗塞の後遺症は……
羽アリのようにあとからあとから
わいてくる不安

私の額から輝きが消え
声がしわがれていく

更に免許証の返納は
ストレス増大のひきこもり
神経症は年中妻（ママ）に八つ当たり
追い詰め苦労をかけてしまった
突然　一人ぽっちになって
はじめて気づかされる愚かさ
空のベッドを横目に
今夜も深く詫びている

あれから百日目のエイプリルフール
中庭のさくらが満開

「冗談よ　じょーだん
ちょっと意地悪してみたの
おどろいた？」
寒春院盡徳妙淳清浄大姉
位牌がこつんと音を立てたような

ギスギスしないようにするから
大らかに生きるから
ぶり丼たべにいこう
戻ってきてくれ

染井吉野

中庭のソメイヨシノが
見事に咲いて見事に散った
　至誠一如
一月に亡くなった妻の生涯に相応しく
散っても尚清らかに地上を染めている
つまんで口に含むと甘酸っぱく
遠い夏の日の入江が匂った
奈良ホテルの朝がゆが匂った
ドロップを喉に詰まらせ鎌倉初詣

人間国宝の人形浄瑠璃は眠かったね
安曇野のちいさな美術館が
木曽路の旅籠が……
あとからあとから賑やかに妻（ママ）が現れて
腕に絡みつく

「どんな辛いことも時間が和らげてくれる」
気遣ってくれる人の言葉を聞くともなく
忘れたいとは望んでいない
私が忘れてしまったら
妻（ママ）は本当に亡者になってしまうから

執着をあれこれ言われようと
夢でもいいから逢いたい

もういちど一緒になれるなら
憑依霊だって厭わない

本気になれない

真昼間からとっくみあいの喧嘩
塀の上のケモノたち
牙をむき爪を立て
二つの塊が一つになって塀を転げ落ちる
オスもメスも命がけ
恋の成就はいつだってワンチャンス

私は本気で人を愛しただろうか
人の喜びを本気で喜んだろうか
人の悲しみを本気で悲しんだろうか

言葉も涙もポーズではなかったか
既に達観の齢だというのに未だ
いつもいい加減……
だから本気で人を憎んだこともない
「和而不同」の信条も
なにやら中途半端で生煮え
ハンフリー・ボガートやジャン・ギャバンの
ような厳しさがない
笑ってはいてもいつも私の中に
虚ろに冷めている私がいる
「寂しいか　オレはずっと独りだ」
金魚が私の顔に泡を吹く

居なくなるそれだけのこと鳥曇り

Ⅱ　昭和よ

昭和よ

ＤＤＴ
脱脂粉乳
傷痍軍人
割ぽう着
ヒロポン
結核
白くかなしい
昭和のいろ

＊　＊

イチゴジャムたっぷりの
コッペパンだよ
図画の時間は腹が減って
わらぼっちが温もっていた

＊　＊

跳び箱、高かったなあ
霜焼け、痒かったなあ
開襟シャツとタイトスカート
大石せんせい綺麗だったなあ[*]

＊　＊

へんだぞ
へんだぞ
みんなが囁いているうち
どんどんどんどん
へんになってきて

＊　＊

ジョン・レノンの丸い眼鏡の奥で
血を流しつづける人よ
覗いて見てごらん
そこはお花畑だよ

＊　＊

カーバイトの青いにおい
バックネットに昭和がかくれんぼ

＊　映画「二十四の瞳」

スクランブル交差点

賑わうスクランブル交差点の真ん中
白衣の男に呼び止められる
「おまえの親父のことで話がある」
「おれの親父はとっくに死んだ」
「いいや、それはお前の思い違いだ」
炎天下に立っているのに
その男の顔は妙に青白く表情がない
応えに詰まっていると
「会いたくないか?」と訊いてくる

息を引きとって間もなく
献体の遺志どおり医大に運び
二年後ひと握りの灰となって戻ってきたが
解剖や火葬の現場を見とどけてはいない
心肺停止か脳死か　巷では死の判定が分かれ
蒸発も三年過ぎれば死亡届が受理され
ほんとうのところ人の最期とはいつのことか

あれこれ思い巡らせていると
とつぜん　信号のチャイムが変わり
雑踏に押し流される
流されながら白衣の男を捜すが
その姿はどこにもなく

同じ時間を生きていながら
再び会うことはない人の群が
亡者のようにわたしの体を掠め過ぎる

「会いたくないか？」
炎日にゆらめく大鳥居の辺りから
声だけがもういちど訊いてくる

白昼のゆうれい

昼下がりの
長椅子にまどろんでいると
男がやってきて
ここはおれの場所だと言う
追い立てられるように
キッチンに逃げると
ここもおれの場所だと言う
二階にも離れにも
男はどこにでもいる

行き場のないぼくは
おろおろと台所の隅で
インスタントコーヒーなど啜る

傾いた身代を再興し
たくさんの役職に就き
町の名士として来賓席を飾った男
人よりもお家大事の生き方を
ぼくはどうしても好きになれず
男はずっと恨めしい思いを
抱いていたにちがいない

　肩車で映画を見たのは
あれはまぼろしだっただろうか

すっくと男が立ち上がると
ものも言わずいつものように
水色の外車で出掛けていく
部屋のあちこち
ダンヒルの香りが幽かに

腹を空かした男

男が帰ってきた
夕暮れ時の薄暗い台所に
すっくと現れて腹が減ったという
風邪を拗らせ長く臥せっていたともいう
浴衣の周りが雲母を散らしたように
きらきら光っている

どうしても好きになれない人だったが
急いでぼくは茶がゆを炊く

奈良ホテルのレシピを真似て
小皿に塩昆布と柴漬けを添える
「もうすぐ出来るから待ってて」
なんだか妙に嬉しくて
台所の電灯を点けたとたん
男の姿はすうと消えた
辺りにダンヒルの香りを幽かに残して

明け方妻(ママ)に話して聞かせると
そろそろお父さんの命日じゃないのと笑う
確かに庭の辛夷が満開のときで
執刀医に見せられた胃腑はピンク色の
意外に綺麗な肉塊であった
胃を切った後はいつも腹を空かしていて

最期に食べたのが一切れの西瓜だったから
あの世でも腹ペコにちがいない
近所の魚屋から取り寄せては
よく食べていた好物のウニと筋子
ぼくは石が溜まるからどちらも食べないが
確執とは食べ物からしても
何もかも二人の仲を遠くしていた

あれから三十余年
向うの世界ではだれもが救済されて
その男もまた潑剌と４Ｋ画像のように鮮明

真夜中のクエッション

「2・4・3」
それは啓示のごとく
とつぜん
ねむりの中で炸裂した

夜はうしみつ
外は雪のようだ

「2・4・3」

なんのことか
ひどく頭が冴えて
数字の意味を考えている
　パスワード？
　通帳？
　記念日？
湯たんぽを
足の先でまさぐりながら
　おんなの部屋？
　でんわ番号？
　マヤの暦？

考える
いよいよ気になって考える

「2・4・3」
「2・4・3」
心当たりのないことに
とつぜん叩き起こされて
だんだんいらいらしてくる

それでもなお考える
何やら重大なことを忘れているような
急ぎやらなければならないことが
あるような
胸骨の奥にさむざむしい焦り

パーツ考

耳

寂寞と開いたままの洞(ウロ)
これほど無用心な器管は他にない
ふいに奥の方がざわざわし
出るわ　出るわ　ギマンと中傷の滓
双方を聞くため二つ揃っているというのに
勝手に押し入ってきては内耳をふさぎ
蝸牛の壁にはりついた甲高いひと言

耳かきを使っても掻きだせない

手

虫の夜はじっと手を視る
少年のとき大工の棟梁になりたがった左利き
静脈が青く　夜の首都高のように走り
てのひらにはひとを叩いた悔恨の溝が
深く刻まれている
ふしくれだった太いゆび
チャンスはいくつもすり抜けていって
思えばもう永いこと
ひとの温もりを握っていない

眼

ことばよりも巧みに語り
どれほど人をたぶらかしてきたことか
「湖のようにさびしい眼だ」と継母は言った
「へびのように寒い眼だ」と青年は笑った
ぼくがそのまま表われていて
どちらもまちがっていない

唇

タイトルどおりの講演に

たとえ会場を沸かせたとしても
自分の言葉は何一つなく
誰かの言葉を編んだにすぎない
愛してると百万遍言ったところで
真実の愛にはほど遠く
ヒゲなど立てては
孤高をきめこんでいる
最期のそのとき　この唇から
どんな言葉がこぼれるだろうか

足

森の奥で立ち上がった影は

声のする方へ歩き始めた
あとにも影はつづき
そうして五百万年
影は月面に立ち
とある春の夜には
女の住む階段を駈け上がり
思いはいつでも走り出したが
手術の後のリハビリ
立てない！　歩けない！
ああ、なんでもないことの凄さ

鼻

中央に鎮座し
ど近眼のめがねを支えている
顔の造作をひきしめ
最も頼りがいのあるパーツ
ひげを剃りながら思う
もしもこの鼻がなかったら
禅智内供の悩みどころではない*
「ほら、鼻水！」
熱ものをすると
やたらこの頃ゆるんでくる

* 芥川龍之介『鼻』

霜柱

霜柱の悲鳴が好きと
長靴であるいはズックで
大人になってからは
黒の皮靴で踏む

ぎしぎしぎしぎし
足裏から伝わってくる
蹂躙の快感

神はどれほどの星を
破壊してきただろうか
破壊するために創造し
その手先としての人間をつくり

宣託を享けた者の驕り
破壊は神の御心でもあると嘯き
踏みにじられて　今
一つの惑星が消えようとしている
人間もろとも……

そうなればそうなったで
なにも変わらない
神はまた星をつくり

計画の手先となるミュータントを
新たに送りこむだけのこと

学校への遠回り
蹂躙の快感を覚えた子どもらの
黄色い声があがる

カーナビ

わずか七インチのパネルに
人差し指を触れただけ
柔らかな天女の声がして津々浦々
行きたい処へ連れていってくれる

カーナビ
何も見えない何も聞こえない電波を
捉えることができるのだから
あの世の霊波と交信するのも

そんなに難しいことではないはず

そのときは真っ先に
あのひとにチャンネルを合わせ
少年の積年のうらみを
一晩かけて話して聞かせよう
　カミサマには会えましたか
まこちゃんは元気でいますか
そちらでのカツ丼の味はどうですか
桜の花はきれいですか

なつかしいひとたちを連れて
近頃よく夢の中に訪ねてくるのは
いよいよはじまるか

偉大なるコンタクトのときが
昨夜もわいわいやってきては
皆でぼくの俳句をわらった
「次の信号を右です　右です！」
ぼんやりしていると
つよい口調で天女のこえ

みつ豆 他二題

みつ豆

寒天　求肥　白玉　みかん
さくらんぼを差し置いて
まっさきに選ばれる
赤エンドウマメ
シロップの薄衣をまとい
銀の匙の上で恥じらえば
いっそう紅色を帯びてくる

つんと突きだした
わがままな唇に吸われ
舌のさきで弄ばれ
　馥郁と
ああ、気絶する

アキアカネ

湖面を赤く染めてさすらう番のとんぼ
夕べには蟹や舟虫にたべられる寂しい愛の形
……渚は墓場
砂浜に打ち上げられた夥しい祈りが
深夜のハングル放送のように

引いたり寄せたり

柚餅子

築百五十年
リフォームしても隙間風
昼も夜も終日シロアリが土台を齧っている
秋冷の床板一枚
その上で夫婦が柚餅子をたべている
ずっと押し黙ったまま
シロアリも人も家から出られない

中華料理店

肉まん

皿の上に
おっぱいが　ふたつ
白いふわふわの　おっぱい
ひとつ抓んでかぶりつくと
厨房の奥から胡弓の音が
「姑娘（クーニャン）悲しやシナの夜……」

餃子

ぼくら家族は餃子を食べません
中国からの留学生が言う
シウマイも肉まんも
中身の見えないものは食べません
十三億の胃袋のためには
犬も蛇もハクビシンも
動きまわるものは
無事ではいられまい

エビチリ

甘酸っぱい海老ちりは
へその緒を伝わってくる原初の匂い
だから皆が注文する

炒飯

鉄鍋が宙を舞い
パラパラと空気が調味料の
王さんのチャーハン

北京ダック

アヒルは追い回される恐怖に
いつも鳥肌たてている
ひとは飴色のその鳥肌に垂涎する

フカヒレの姿煮

円卓の中央で黄金色に鎮まる
当店自慢の一品
鰭を切り取られた胴体の山を
きみは見たことがあるか

麻婆豆腐

花椒の刺激にヘモグロビンが高揚し
もういちど人を愛してみようかと
右脳が覚醒する

Ⅲ　祈り

ステージⅡへ

蟬しぐれの下
口には出さないが
ひとは泥染めの作務衣と
ボルボV70を形見に欲しそうな
どちらもわたしのお気に入り

（ほんとうに真心だったのは……）
棺の中で顔を想いうかべている

天窓が開いて
代わる代わる覗いてくる
「穏やかに　いいお顔で……」
殊勝なことばの裏がわの薄ら笑い

嫌いな菊の花など投げ込まれ息苦しい
ぎゅっと睨みつけてやるが
死んだと安心している奴には通じない

生者よ　油断するな
ほんの一瞬でも死者の眼は
この世のすべてを
見透かしてしまうことを

苦悩や悲哀のポーズにはくたびれた
二〇XX年　ひときわ蟬の多い夏の日
窮屈なしがらみから解放されて
清々と次のステージへ

終わりのない骨

ぶわーっと膨らみ
ぶちっと弾けて
一巻の終わり
骨格は鉄の棒で平らに砕かれ
男たちを散々惑わした女も
成り上がりの御大尽も
博愛主義者も人非人も
釜の後ろから覗かれて
理科室の蛙と同じ

ぶわーっと膨らみ
ぶちっと弾けて一巻の終わり
縁者らはスルメを齧りながら
酒を注ぎ交わし
スコアなど自慢しあっている

　髑骨や是も美人のなれの果て
漱石先生にしては貧弱な句だが

大きな枇杷の木が茂る医院の蔵に
保存されている千体の髑髏
深く眼窩の奥で渦巻いている赤黒色の闇
棚に並んだ髑髏と向き合っていると
一つ一つの人格が見えてくると

考古学者でもある老医師が言う

終わりは終わりではない
終わりから顕われてくるものがある
見よ、
炎日に灼かれながら
大いなる頭蓋骨が
銀色の砂漠に立ち顕われるのを*

* 画家ジョージア・オキーフの作品

魅せられて

花火の夜　群衆の歓喜にまぎれ
わたくしの藍浴衣の　わきあけ
から　忍び込んだ　あいつ　そ
のまま　肋骨の隙間に居座りつ
づけ　昼もよるも　わたくしの
いのちを　むさぼるのでござい
ます　わたくしには　もともと
親が決めた　許婚がおりまして
都から　還ってくる日を指折り

数えて　待ち望んでおりました
それなのに　あいつはわたくし
の中から　一向に出て行こうと
しない　母を失くして悲嘆にく
れているときも　あの方からの
嬉しいお便りを読んでいるとき
も　赤い舌をちろちろ巻いては
わたくしの気を引いたり　無粋
で　意地悪な心を持ったあいつ
には　いつも不快な思いを　さ
せられるばかりでございました
ところが　あいつに棲みつかれ
てから　秋も終わろうとしてい
る　もみじ狩りのある日　わた

くしの　胸のあたりが　妙にしくしく疼くのでございます　なにかしら　あいつが　苦しんでいるような　病んでいるようなそれまでの　おぞましい感情とはうらはらに　てのひらで　胸の辺りを　そっと触れたりもして　苦しげに身をよじる　ようすが　目にうつるのでございます　九つのとき　許婚とともに川原で　いじめた　蛇の姿が突然　想い浮かぶのでございます灼熱の太陽の下　のた打ちまわる白い腹　あいつはきっと　あ

のときの蛇だったのでございましょう　悔恨と不憫さにせめられながら　わたくしは　次第にあいつのことを　いとおしむようになったのでございます　この頃は　あいつの心が　手に取るように伝わってきて　あいつを　喜ばせてやろうと　わたくしは　生きたままのネズミや生卵を丸呑みするのでございますあいつの　よろこびが　そのまま　わたくしの　喜びになるのでございます　昨夜は　蛙を呑み込みながら　わたくしがあい

つなのか　あいつが　わたくし
なのか　もう　すっかり　分か
らなくなってしまったのでござ
います　許婚？　ええ　あの方
は　とうにわたくしの中で　溶
けてしまいましたわ

猫のわび言

わたしの名はロクサーヌ。猫です。

たった今死にました。二十二歳。人間なら百十歳です。

自分で言うのもなんですが苦痛も不安も無く大往生でした。二十二年前、別荘地の草むらで拾われて人間のママに育てられました。姉妹のシロちゃんも一緒でした。わたしは真っ黒なので爺さまがクロと命名してくれましたがこれではあまりにも芸がないとクロを逆にしてロクとしました。そしていつの間にかロクサーヌと呼ばれるようになりました。コケティッシュな女性を想わせるような、この名前をわたしはとても気に入っていました。イランの言葉に「キラキラ輝く」「輝く美しさ」などの意味もあるようです。

ママオンリーのわたしは爺さまから少々疎まれたこともありましたが、爺さまの膝の上に乗っても坐骨神経痛の為　やたら脚を揺するので落ち着いて坐っていられないのです。爺さまが嫌いなわけではないのです。ふくよかなママの腕や胸のような安ど感がないのです。わたしはママの鼓動が大好きでした。抱かれているとわたしの鼓動と共鳴してとても安らかな気分になります。柔らかなママの髪の毛も大好きです。微かにミントが香り夢見るようです。わたしの食事はママを悩ませました。だって匂いでわかっちゃうんです。天然と養殖鮎の違いが。人間には判らない防腐剤使用も鼻が真っ先に感知します。わたしたち猫族は味音痴の犬たちとは違い皆気高い美食家なのです。

洗たくや庭掃除でママが部屋を出るとき　わあわあ鳴いて後を追うのは三歳のときのトラウマが原因です。爺さまの入院の為わたしたち姉妹は一時他人に預けられました。あのときわたしたちはママに棄てられたと思いました。悲しさと寂しさのストレスでぶくぶく太ってしまい　顔はムーンフェース。やがてママが迎えに来てくれた時「あれ⁉……うちの猫じゃない」と驚いた様子でしたが、体型を変えてしまうほどの絶望感を味わったのです。そのトラウマがずっと続いていてドアを出たきりママは帰ってこないのではという不安が蘇るのです。でも、それももう今日で終わりです。ママがいつも首に着けていたシルクのバンダナをわたしの首に巻いて送りだしてくれました。いつでもママが匂います。あの世で解けないようにとしっかり結んでくれました。ありがとうママ。げんきでねママ。お姉ちゃんを残していきますのでわたしの分まで可愛がってあげてください。いつか又どこかで会えたらそのときはママが女王様。ナナやナツやポールちゃんたち大勢でお世話しますね。

心平さんの

54基の
ぐるっと囲まれての
その日までの
気付かない自分の
無知の
無関心の
利便さの
どっぷり浸かっての

漂泊の旅人の憧れの
空の深さの
わだつみの
大漁節の
天空の
吹きわたる風の
相馬の
歌枕の
うつくしまの
だれもいない春霞の
磐城平の

セシウムがどうしたの
ベクレルがなんなの

すかんぽさん
あたくしのところからは
もう月は見えません
ここよ、ここにいるのよ

ガレキの底の心平さんの蛙

新・鳥獣戯画

マンタ

銀河の涯から
この小さな水惑星に
どんな理由があるというのか
おまえのメッセージは未だ伝わらない
穏やかな居心地に
使命を忘れてはいまいか
音もなく　影もなく　匂いもなく

ステルスのように飛行する
黒い機体
帰還のときはまだか

アンコウ

皮と肉を引き剝がされ
霙に吹かれながら
ぶら下がっているアンコウよ
最期に想ったことは……
自分とは重かったか
それとも軽いものだったか

オオサンショウウオ

始祖の代から百万年
見つめてきた水のみなもと
ブナの精の沁み込んだ清らかな水
ザザムシを生み鳥と獣と人間を育て
地上に蔽ういのちのドラマ
ここが始まりであることも
このさきの賑わいのことも
なにも知らない
生れついたそのときから
始祖の姿そのままにここにいる
なにもしない
なにも想わない

若葉をこぼれ散る光の陰で
ぬるでの朱に染められ
じっと水を見つめている
そのことそれがオオサンショウウオの
生きる意味

マンボウ

制作の途中
急に雑用を想いだし
部屋を出ていく神
……………
すっかり待ちくたびれて

おそるおそる泳ぎだす
マンボウ

カバ

暗い水の底
音もなく悠々と泳ぐ
大きないのち
闘いに疲れた馬が
その重力から解放されて
懐かしの太古へ還っていく

カマキリ

草いきれに溺れる身体を
かなしみの電流が奔り
瞬間　伴侶の顔を嚙み砕いている
恍惚と瞳の奥を白雲がながれ
首をかしげ　首をかしげ
自分が何をしているのか判らない

＊

風に吹かれながら
ようやく辿り着いた軒明り
賑わった虫の闇は

冷たい星のしずくに濡れ
脹れた腹の重さは
食いころしたオスの怨みか
昨日がとおく寂々と月が欠ける

カツオドリ

自由奔放の飛翔と
みんなは憧れるけれど
角度とタイミングが
僅かでも狂ったりすると
水面のコンクリートに叩きつけられ
そのまま魚の餌食となる

ナメクジ

おんおん泣きながら
台所の暗がりを這う蒼い軌跡
窓からさしこむ月明りに
いっそう濡れて　ナメクジよ
そこは母さんが泣くところ
かまどを閉め寝静まると
屋根裏を風が吹き抜け
暗い肩がふるえていた
眠りにおびえながら
寝入ってしまう夜の深み

やがて軌跡が銀色に輝くと
見知らぬひとが
まめまめしく動き回り
昨夜の母はどこにもいない

アリ

このくそ暑いさ中を
真っ黒になるまで働きづめで
自分の境遇を怨んだことはないか
大きな靴に踏み潰され
犬に小便かけられ
悲しくはないか　アリよ

おまえの夢をおしえてくれ
生き甲斐を……
八月のとある昼下りの堤
天は突きぬけて碧く
遥か前方に首都が陽炎っている
「愚かなことを知りたがるものよ人間って奴は」
「まったく　しょうもないことを」
狩猟への出合いがしら
二匹のアリが言葉を交わしている

コラールかカンタータか遠蛙

追憶のマンボ

おーい　ママ
そこから見えますか
花屋からシンビジュウムが届いたよ
ママの大好きな黄色い花だよ

初めてのデートは「ウエストサイド物語」
丸の内ピカデリーだったかな
シネマスコープの巨大スクリーンに圧倒
不良グループがタップを踏み鳴らし

指ぱっちん　一触即発のマンボ
ナタリー・ウッドとチャキリス格好いい！
マリアの白いワンピースがママと重なり
ぼくはすっかりニューヨークの不良気分
マンボズボンを穿きたいと本気で思ったり
映画館を出るころは指が熱くなっていた
その後銀座で食事をした筈だが
有頂天のぼくには何を食べたか
店の名前さえ覚えていない
交差点でワンピースに風が絡み
はにかみ笑った様子が眩しく
爽やかに弾けるラムネのようなひと
すれ違いざまに振り返る人もいて
二十歳のぼくは鼻高々であった

ゆめまぼろし
利那の六十年が流れ
「一日でも私が後になるからね」
ずっと先のことだろうと
二人で入れる老人ホームのカタログなど
のんびり集めていたが
望みは突然消滅し
追憶が侘しさを募らせる

亡きひとの匂ひほのかに夏夕べ

祈り

「天が下のすべてのわざには時がある」
旧約聖書第三章一節

もっと近くで見つめていたら
もっと話を聴いていたら
もっとしっかり抱きしめていたら

真心が　妻（ママ）の誠実が
今になって見えてくる

くやしい夜もあったろうに
さびしい朝もあったろうに
気づこうとしなかった愚鈍を憎む
旅立ってから百三十日
悔恨が羽アリのように湧いてくる
みどり眩い五月だというのに
引きこもりの睡眠障害
「すこし　離れたら」と　妹が
枕もとの遺影を戸棚に仕舞い込む
遺品や衣類も処分した

懐かしい乳香の匂いが寝室から消えていく
明るくなった部屋は侘しさが募り
ママ、これでいいのですか

それでも私には詩が残っている
詩は精神安定剤
コトバを編むことで
辛うじて均衡が保たれている

胸中の濁流を鎮めないと
這い上がらないと
　今は祈りの時
詫びて　詫びて
このさき詫びずとも眠れる時が在るように

あとがき

第二詩集『よぶり火』刊行から約十年が経過した。東日本大震災及び大津波の復興は未だままならない状態がつづいており、人間の脆弱さをまざまざと見せつけられた。更に新型コロナウイルスによる感染は世界中に拡がり人類を不安のどん底に陥れている。

一方、私事では脳梗塞、直腸がんに見舞われて人生最悪の十年で、まさに間一髪というところでした。あのまま意識が戻らなかったら、私の霊魂はどうしただろうか。やっと自分の居場所を見つけて、どこか南の島でゴーギャンのような暮らしをしていただろうか。あるいはコウホネの咲く静かな水辺で、懐かしい人との邂逅を喜んでいただろうか。

幸か不幸か、有能な医師の手でこの世に戻されて現在もリハビリがつづいている。介添え無しでは何処にも出かけられない状況下でありながらも、詩作の楽しみが、私をポジティブな思考に維持してくれている。詩神ミューズと「馴鹿」同人及び友人たちに感謝しながら、日々降り注ぐ言の葉を拾い集め一冊の詩集に仕上げました。お時間の余っているときにでもご笑覧戴けたら幸いです。

混乱と繁栄の昭和、欺瞞と格差の平成から令和の新時代は、誰もが願う通り、麗しく和やかな世の中であってくれるだろうか。つくづく祈るばかりです。

タイトルからして極めて個人的な作品群ですが、上梓を待ち望んでいた亡妻に、感謝をこめて当詩集を捧げます。

新盆に併せて出版できることは、偏に土曜美術社出版販売社主高木祐子氏のご配慮のおかげです。心より感謝いたします。

二〇二一年六月

和氣康之

著者略歴

和氣康之（わけ・やすゆき）

一九四二年栃木県玉生村生れ

栃木県現代詩人会会員・日本詩人クラブ会員

詩集『夢夢』・栃木県現代詩人会新人賞
詩集『よぶり火』・日本詩人クラブ新人賞候補

第17回日本歌曲コンクールにて「雲」が詩部門優秀賞
現在：公益財団法人和気記念館代表理事

現住所：栃木県塩谷郡塩谷町玉生六四八
URL：www.boubou.jp

詩集　五十年目の婚約指環（ごじゅうねんめのこんやくゆびわ）

発行　二〇二一年七月三十日

著者　和氣康之
装丁　森本良成
発行者　高木祐子
発行所　土曜美術社出版販売
〒162-0813　東京都新宿区東五軒町三—一〇
電話　〇三—五二二九—〇七三〇
FAX　〇三—五二二九—〇七三二
振替　〇〇一六〇—九—七五六九〇九

印刷・製本　モリモト印刷

ISBN978-4-8120-2639-7　C0092